U0004217

送給：_____

_____

_____

_____

_____

_____

每個瞬間
都是你

河泰完 ◎著　　陳品芳 ◎譯

目　錄.

卷二　屬於兩人的季節揭幕的瞬間

給這個瞬間，正陷入愛情的你

每個瞬間
能產生多龐大的情感

原本，所謂的瞬間，

其實是由當下心中所產生的情感堆疊而成。

所以記憶裡的每一個瞬間所想起的人、所感受到的情緒，都各不相同。或許也可以說我們的人生，就是不斷創造著各式各樣數也數不盡的瞬間。

其中和愛情有所牽扯的時刻，尤其令我們印象深刻。愛著某人的瞬間、心痛送走某人的瞬間、思念著早已遠去之人的瞬間，都屬於這個範疇。

偶爾，會有比那些大小不一的情感更巨大的錯誤，將各不相同的時刻與情緒吞噬，只在我們心裡留下整齊劃一的情緒。而過去和曾經深愛到願意用全世界去交換的人所分享的對話，或是與一起看遍四季更迭的寶貝情人共度的時刻，都是我們心中鮮活的情感。

你是否也有過珍貴到令你忘卻其他時刻的「每個瞬間」？如果有的話，那每個瞬間所帶給你的，究竟是多麼巨大的情感？

我希望翻開這本書的每一位讀者，都能夠抱持和我一樣的心情來閱讀。如同我想著專屬於我的每個瞬間來寫下這些文字一般，我也希望各位能夠一邊思念著那占據你每個瞬間的人，一邊閱讀這本書。即使你現在並沒有正愛著某個人也無妨。因為即使曾經歷離別，但當時經歷離別的對象，會占據著我們的過去、現在以及未來的每個瞬間。

這世界上，有許多關係能簡單用朋友、戀人這樣的名詞來闡述。但就像已經分開，卻還深愛著對方的關係一樣，也有許多隱藏其中，難以用言語說明的關係存在著。

因此，我希望這本書中的文字，

能靜靜地，

滲入這世上的所有情感及關係之中。

時而討人歡心，時而刻骨銘心地疼痛，

時而化作絕不可能戰勝的空虛，

我們就這麼繼續活著。

懷念、靜待著櫻花紛飛

——河泰完敬上

卷一

暫時放下
所有的
擔憂

給夜裡總是胡思亂想的你

每個瞬間，
都是以你為名的存在

我希望你能幸福
希望你能少流一些眼淚

希望你能過著適度悠閒的生活
希望你能享有幸福的戀情

希望你能不再遭遇挫折

至今的每一個瞬間
都是以你為名的存在
盼你務必牢記

你在每一分每一秒
不知不覺地變得堅強
成爲一個早已爲享受幸福
做好充分準備的人

為你獻上
微不足道的悠閒

你的步伐變得十分寬闊
你領悟了如何不對西沉的夕陽帶有留戀
車窗外那不停呼嘯而過的風景
令你深深吸了口氣，再緩慢地吐出
我想僅僅是在平凡人生中，享有這微不足道的悠閒
似乎就能讓人生變得十分富足

這份莫名的期待
蘊含了沒有盡頭的無限悸動
也令我再一次地
打從心底感謝在身旁停留的人

所以我們
或許會去做一趟旅行

此生未曾踏足之地的柏油路
相較於那片既有的沙漠
更令人能感受到如躺臥柔軟草地的舒適
這份曾以為永遠無法享受、得來不易的閒適
在這突如其來的旅行中，才終於綻放原有的光芒

或許唯有在旅行中
我們才能真正地
好好檢視自我也說不定

可我們全都害怕耀眼的事物
但我們並不能就此閉上雙眼
當傾瀉而下的陽光四散，先前那對未知的恐懼
肯定會令我們露出微笑

或許我們的旅行
正是從那一刻開始

你，
很了不起

請不要對你的選擇後悔

那一刻，那個選擇
就是你的最佳決定
那就是最棒的選擇

你確實很了不起

真心愛自己的
方法

希望你能立刻大步甩開
那些令你倍感痛苦的事物

希望你不要不假思索地
說出那些並非發自眞心的話語

希望能對那些看見你眞正價值的人
經常表達感謝之情

那樣，就是眞心愛自己的方法

獨自
假裝
自在

總是如此。

雖然我說話很懂得變通、知道如何為人著想，有時非常自我，偶爾又有點自私，但並不是會習慣性傷害他人內心的人。因此，許多人一開始總是對我笑容以待，總稱讚我真的是個好人。我喜歡這樣的稱讚，總努力地對他人釋放善意。但就到此為止而已。

我不斷壓抑著內心深處的騷動，接受、撫慰著他人的情緒波動。那樣的情緒起伏，有時總是太過理所當然地向我襲來。

沉重的憂鬱與稀鬆平常的開朗一再反覆。

本只會擁抱他人傷痛的我，卻不知該如何安撫自己的痛苦。

這樣的我，這樣笨拙、不成熟的我，令一開始因為我的活力
而聚集的人們，很快轉身離去。也因此縱使經過了這麼久，
停留在我身邊的人仍屈指可數。或許就連此刻，我所相信的
人，也早已將我徹底遺忘也說不定。

我認為自己是全世界，
最懂得假裝一個人也很好的人之一。
因此，我總是這麼說。

如習慣一般，如義務一般，我就這麼不斷失去。但我不會再
重複相同的失誤。因為我終於隱約明白，哪些人不該錯過，
以及究竟該如何去愛。

肯定會
遇見
好人

你可以
不必因為愛情而痛苦受傷

不需要主動靠近
只要跟愛你愛到至死方休，瘋狂想接近你的人交往

跟不會因為聯絡的問題，而產生摩擦的人交往
跟連你那些細枝末節的小習慣，都能理解的人交往

不要因隨口說出那些傷害他人話語的壞人而受傷
只要跟只對你一個人好，深深地愛著你的人交往

專屬於你的人肯定會出現
不要因無謂的孤單而痛苦
不要因此隨意和任何人交往

不要將「孤單」誤認為「愛情」
任意將你的心獻給別人

因為
你是一個
充分具有資格被愛的人

一切都會
好轉

你只是盡自己所能
認眞完成自己的職責而已

至於痛苦的事總是發生在你身上
這都是因爲

未來會有更多好事降臨你身邊
你會變得比現在更加幸福

不要緊，一切都必定會好轉

我們只需要盡情地擁抱這深沉的季節
將惆悵與無可奈何的沉默
一起埋葬

然後靜靜細數
不遠的將來會降臨的好事

蒐集這些小小的喜悅，期待享有更大的幸福……
盡我們自己所能

想你

我很想你
即使只是暫時分開
但仍感到依依不捨
我的你

愛著某人
這件事

我啊，
原本非常討厭、怨恨「最近」，但最近的我卻過得很不錯。

這都是因為你的香味，充斥在眾人沉睡的凌晨時，凝結在窗上的夜晚空氣裡；流淌在為了更安穩入眠而播放的歌曲裡；占據了我入睡之後的夢境，這一切都令我感到心滿意足。而我也終於能夠過著幸福的生活，快快樂樂地過著每一天。

而這一切，
都是「因你」而起，
因為有你，才能完成這些字句。

愛著某人這件事、成為某人所愛之人這件事，竟會為人帶來如此妙不可言的感受，真希望我能早一點明白。當然，無論這份幸福究竟何時來到，那對象都非你不可。

久違地感受到凌晨空氣的涼爽。因為我說喜歡凌晨，所以你也興奮地說自己喜歡凌晨的味道，那副模樣真是可愛至極。最近我彷彿成了天文學家，喜歡在這個時間點抬頭仰望星空。雖不知究竟是什麼原因，就只是這樣，真的「就只是」開始不斷尋找美麗與耀眼的事物。或許這是過去陰沉灰暗的我，因你逐漸變得開朗的過程，一想到這一點，我便繼續像習慣般地尋求這些事物。我也不太清楚。

謝謝你今天也擁抱了我的凌晨。

因這份感謝而笑逐顏開的你，眞的很美。凌晨的此刻，彷彿演奏出一段美妙的鋼琴曲，飄蕩著春日的氣息。

雖然有點難以理解，但對現在的我來說，最應該煩惱的事情，是還有什麼對我來說不美麗。此刻的幸福對我來說不再是奢侈，現在我最想見的人，你一定知道是誰。今天的你，比我所知的任何一種美，都要美上好幾倍。

不，

你今天也一如既往的美麗。

任何事物都無法比擬。

你是
唯一

如果將那些不明白你真實性格的人
為了傷害你而刻意說出的話語

放在內心深處的話
最後被擊敗的將會是你自己

所以請你務必
別被擊敗
不要受傷

那個
想令我
獻上一切的人

當遇見一個
令我想將整顆心獻給他的人時

總會有人問我說
這些事情都還不能確定
你為什麼要賭上一切

我會笑著回答
「就只是⋯⋯就只是因為我喜歡他」

誰知道呢？
這或許是一生一次的相遇
或許是一去不復返的時刻

奇特的
日子

偶爾會有這樣的日子
無論被誰擁抱，都會立刻落淚的日子

但有趣的是
每當這樣的日子來臨時
我身邊卻空無一人

真的

最近
累得
令人起疑吧？

最近，累得令你心生疑惑吧？

他人無心丟出的幾句話傷了你的心，那些明明能夠一笑置之的傷口，卻倔強地留在那兒不肯離去。躺在寂寞滿溢的冰冷房間裡，捱過每個凌晨的日子漸漸增加。莫名懷念起那些不願再度經歷的過往，內心的某個角落變得千瘡百孔。但越是這樣的時刻，越希望你能記得一件事。

即使你現在，
好像悽慘地哭著、被擊敗了。
但絕不會因為這樣，
就使未來的幸福與機會消失殆盡。

你知道嗎？

櫻花盛開的時候固然美麗，但力氣用盡後掉落在地面上的瞬
間，卻更加迷人。
而你是已經盡了全力，像美麗櫻花般掉落在地面上的人，現
在只是爲了能夠再度開出全新花朵的準備期而已。

雖然不知道你是誰、叫做什麼名字，
但總覺得，你一定是個很酷的人。

你只需要
像花一樣
盛開

你走過的路都是春意盎然
你所見的一切都溫暖和煦
你所做的一切都明亮耀眼

你
只要在其中
如花一般
盛開
就好

某個
春日的
散步

因為今天天氣實在太好
所以我罕見地走出了戶外
經過了公寓社區，到附近的小學繞了一圈
可能因為正好遇上午餐時間，孩子們開心的笑容
也靜靜地在每個街角綻放

雖然我的視力非常不好，但我還是刻意不戴隱形眼鏡
我想，這也是讓我能夠盡情品嘗
空氣中隱約春日氣息的原因
雖然我並不覺得自己走了很遠
但走著走著，不知不覺間我所住的公寓
已經成了矗立在遠方的黑色陰影
我就這麼走了好長一段路

突然間，我覺得是時候該折返了
於是轉身往回走
我刻意不走原路回去
而是過了馬路，從對面往回走
和方才走來的路不同，或許是照得到陽光的緣故
那些宣告春天來臨的花朵引起我的注意

雖然我的視力並不算太好，但還是想仔細欣賞這樣的美
我從口袋裡掏出照相手機
或許是因爲這裡很溫暖
我看見那些象徵春天的櫻花早早盛開
而五彩繽紛的美麗花朵也妝點著整條路

我忙著用照片記錄下這一切
不知不覺抵達了家門前
莫名的惋惜令我依依不捨
但我還是將一切拋到腦後，邁出了步伐

回到家中，靜靜地看著那些照片
以及深藏在心中的風景
下意識地感嘆著「啊，眞美」

這世界上
有數也數不盡的美麗
但我相信這些微小事物所帶來的美
真正具有
能撼動人心的力量

雖然並不是很有意義的文字
但因為今天記錄下了太多的美
我本著想和更多人分享的心情，寫下了這段話

春天啊
令人學會如何去愛那些停留在身邊的事物
令人學會如何去愛那些逐漸被遺忘的事物
是令人想要學會珍惜的季節

讓我開始想要成為一個好人
讓我懂得去愛的季節

春天草地旋律

我們只是手牽著手

行經某個春日的草地

一步、一步，都流瀉出溫暖的音樂

興奮雀躍

愛情甚至能讓普通的雜草

搖身一變成為發出美妙聲響的樂器

你已深藏在
我心中

初見你時天氣一點都不熱，
那或許是非常涼爽的時節。

即使在人群摩肩擦踵的地方相遇，你的樣貌依然耀眼，那微笑至今仍深深烙印在我腦海中。真是神奇對吧？只是一個普通的場景，卻讓我僅僅只是想起你就雙頰泛紅。

當然，初次見面總是尷尬。

當時我有點……不，我應該是緊張得甚至沒發現自己同手同腳。或許只有我自己在那兒驚慌失措，雙眼不知該看向哪裡才好，但現在這些都不成問題。

自從我習慣性地開始擔心起你之後，自從你對我來說不再只是「你」之後。

我想和你在一起，
想和你一起體驗的一切，
就不再是多麼特別、多麼了不起的事物了。

像是手牽著手，漫步在社區的小噴水池邊；像和老友見面一樣，穿著舒適的服裝赴約，在社區的小餐館裡互相餵食彼此。想和你一起躺在有一點陰暗的空間裡，望著微涼的戶外，喝著溫熱的巧克力。只要這樣，我就覺得很幸福，就能夠說我將你深藏在心裡。

始終如一
的人

我想
始終如一的人還是最好的

不是不再像以前一樣
對我投以關注的人

也不是彷彿隨時要離開
令我感到不安的人

我們
別分手

我們絕對別分手

約定好即使是在夢裡，也不會輕易說出這種話
因為急躁的心
而不經思索吐出的話語

別讓自己一再後悔
度過那些
摻雜著無數留戀的
空虛時光

今天也
謝謝你

這是第一次對自己以外的人，
產生這樣迫切的渴望。

你的每一個表情，對我來說就像季節更迭，你望著我笑的那
些日子，令我心情飛揚，宛如觸摸到了虛幻的彩虹。至今我
投注在所有關係上的努力，都是嘗試盡力隱藏自己的心意，
但現在不同了。只要有機會，即使扯開我的胸膛，也想將自
己的真心展現給你。我就是如此地珍惜你。

還有，你知道的，

我從來不曾憎恨或渴望改變我天生的個性。

但認識你之後，我開始厭惡這內向的性格。想要再更愛你一些，想更明白地讓你知道我現在真的很喜歡你，但卻做不到。你悶悶不樂地看著我，安慰我說你都明白，會願意一直等我，但我的抱歉卻如湧泉一般湧現，我真的很不喜歡這種感覺。

你的可愛，
無法用三言兩語道盡。

任何形容詞都不足以描述你的好，無論發生什麼事都不會改變，什麼都不會改變。所以，我十分確信自己有想和你共度一生的想法。即便物換星移，唯有這點絕不會改變，我答應你。

今天也謝謝你。

謝謝你喜歡我，祝你有個好夢。

自信與
樂觀

雖然這好像沒什麼
但如果現在你的期待落空

「反正我一定會成功」

這樣的想法
是最重要的

這種自信與樂觀的想法
最後肯定會帶你
抵達你期待的目的地

偶爾放下擔憂
隨心所欲地過活

偶爾就隨心所欲地生活吧。不要在意他人的目光，順從自己的想法。試著拋開讓你熬了幾天幾夜的課本，呆望著高掛空中的明月，即使那月亮被雲霧遮蔽也好。

比起盯著書本中令人心生厭倦的文字，
這或許會讓你覺得更開心一點。

不要緊，成績、證照並不是一切。即使待解的課題仍堆積如山，但那又如何？打電話給會和你一起靜靜躺著虛度光陰的朋友，相約去喝杯啤酒，再點個炸雞來配酒。對了！重點是你有了喜歡的人，想要請朋友聽聽你的煩惱。

那真的沒什麼。拚命用功到現在、為了累積經歷讓履歷表更漂亮而努力、習慣於當職場上司的出氣筒，和這些相比，區區一瓶啤酒以及和朋友的閒聊，算是一種奢侈嗎？不。你有享受這一瞬間的資格。

究竟要到什麼時候，
才能擺脫那些因為擔憂不明確的未來，
而使我們過得膽戰心驚的生活？
當下的我們，應該要享受當下才對。

如果真的覺得不放心，那就在褲子口袋裡放一枝筆，藉著筆讓自己產生「我一直到剛剛都還在讀書，只是暫時休息一下」的想法。別想得太複雜，只要一天就好，拿著鮭魚壽司到一望無際的公園走走也無妨。並不是一天不去上課就要去坐牢，也不是一天不去上班，就會立刻跌落萬丈深淵。

但如果都這麼做了，還是感到鬱悶的話，就去附近的投幣式卡拉OK吧。貢獻出口袋裡的一千韓元紙鈔，盡情嘶吼一下。即使唱不好也沒關係，你又不是歌手，不需要在意。如果擅長唱歌，那就帶著早知道我就去當歌手，怎麼會淪落至此的想法放開去唱，直到你的壓力都釋放為止，直到你開始有了「我好像還滿帥的喔」的想法為止。

試著去生活，試著過得像個人。
你忙著上大學、忙著就業、忙著追逐夢想，
如果這樣的你還不帥氣，
那究竟怎樣的人才叫帥氣？

閱讀這段文字的你，肯定是個很帥氣的人。放著該做的事情不做去玩手機的你、一想到明天要上班就頭痛，只好偷看一下手機的你、睡前應該再溫習一次，但卻放著書不讀跑來看這段文字的你，我覺得這樣的你既美麗又帥氣。我很羨慕，你居然能夠這麼灑脫。

即使你在艱困的生活中日漸疲憊也無妨。無論如何，你都沒有放棄，一直用自己的方式堅持至今。我爲你加油。雖然不知道你的長相、年齡、性別，但還是爲你加油。我眞的很珍惜你，因爲你擁有比他人都更亮眼的色彩，才能夠描繪出更加出色的畫作。

去做你想做的事吧，
無論做什麼都會成功的你。

你的一天
並非毫無意義

說著今天一天很沒意義
責怪著自己的你，很令人擔心

只有這一件事
我希望你一定要知道

你好不容易撐過的今天
絕不是毫無意義

因為即使沒有完成任何事
你今天也盡了全力
拿出你最好的表現來面對

認為只有結果重要

過程一點也不重要的想法

雖然就是我們這個世界的準則

但這世界上

肯定有明白過程有多麼珍貴

明白你有多麼珍貴的人存在

有像我這樣子

因為你表現出害怕的樣子而擔憂

認為你確實很棒的人存在

所以希望你不要感到挫折

你的每一個瞬間都並非毫無意義

真正的
幸福

在想念的季節
和想念的人一起
手牽著手
去看看想念的事物

那或許就是最大的幸福

不能錯過
的人

千萬不要錯過
無論你以什麼樣的面貌出現
都不會有任何偏見
會真心面對你的人

這樣的人
未來會一直支持著你
會一直為你加油

希望你
幸福

我真心希望你能夠幸福

真的如字面上的意義，是「真心」的
不是因為有錢
不是因為有錢能為所欲為而感到幸福
而是打從心底、帶著微笑
真心地希望你能幸福

當然，在金錢上富足
能夠做盡所有想做的事固然很好
但這樣獲得的幸福絕對不長久

所以我希望你
可以跟所愛的人談一段熱烈的戀情
每天都過著怦然心動的生活
別跟重要的朋友吵架
友情長存
家人健健康康
絕對不要生病

希望那些你所遺忘的
生命中瑣碎的事情
能夠讓你經常綻放美麗的笑容

希望你能成為我所認識的人當中
笑得最美麗、最幸福的人
這是我真心的期待

因日常生活而疲憊的你
必讀的文章

希望覺得最近的生活，殘酷得實在太超過的你，一定要知道
一件事。

那就是當你因為那些沒能解決的煩惱而受傷、而感到孤單
時，時間仍持續流逝。時間流逝的同時，也不知不覺洗去了
你的傷痛。

所以我希望你別責怪自己。
也不要跑到某個地方躲起來。

即使傾注了許多努力，仍沒有人關注你的夢想與未來，朋友
們毫不留情地轉身離去，舊情人不做任何解釋就離開，這些
都絕對不是你的錯。

當然，你身上的這些傷口，其深度與大小我不得而知。但無論在什麼情況下，你都是能夠疏理這些混亂的人，即使這些傷口會令這個過程十分孤獨。

但你確實是個很堅強的人。
可以撐過這一切，這一點我無庸置疑。

也就是說，在這段時間當中，你只要別想到「放棄」就好，即使一時摔倒也真的沒關係。那些暗中在身邊為你加油的眾多支持者會將你扶起，別擔心了。現在你心裡，有的只是格外厚重的黑暗，但度過了這寒冷的季節，充滿花香的溫暖春日肯定會再度來臨。

名為試煉的
高牆

現在你眼前
有超出你能力範圍的問題之牆矗立著
但請不要想轉身往回走

這種時候
就好好比較一下過去與現在的自己
想想當時認為自己絕對做不到的事
現在是否已經能夠輕鬆成功
想想當時完全不懂的知識
現在已經完全內化成為你的資產

現在你面前的試煉也一樣
雖然看起來絕不會被打倒
但試著衝撞、試著受傷、試著摔倒
對往後的你來說
它會成為只要輕輕一跨就能越過的矮牆

不要感到挫折

只是因為這樣的想法
你就已經十分耀眼

在瞬間盡力做到
最好

不要害怕靠近你身邊的事物
日常生活中不要拖拖拉拉
不要因為過去的回憶而心痛

最重要的
是在愛情裡不要算計
每一刻都要盡力

僅僅是
遇見好人

僅僅只是遇見好人
就會讓那彷彿要崩潰的心
再次信心十足地重拾堅定

好人所散發的氣息
一定會化作溫暖的支持
包圍著你

時機

你可能不相信
但即使不刻意去尋找愛情
它也會自動來到你身邊

當這種時機來臨時
只要你能夠一眼認出、不要錯過
那這突如其來的愛情
就會讓你擁有人生最棒的時刻

誰知道呢？
或許那個時機
早就已經
在你身邊觸動著你

人生的
理由

有時候會在意想不到的地方，感受到微小的幸福
即使當時的狀況，實在讓人笑不出來
但那種來自細微之處的美麗依然存在

或許我們的行為與想法
都有著各自的色彩

即使累得想大哭一場
但那些令人莞爾一笑的行為

這樣說雖然有點誇張
那些行為確實幫我找回了活下去的理由

愛

你，真的很可愛
不需要
多餘的形容詞

你會成為最後的
勝利者

每一件事情
如果都貪心地想做到最好
那肯定會因為壓力無法獲勝
最後遭到挫敗

過猶不及
你只要盡力就好

那些指責你能力不足的人
都是只會往低處看的人
你只需要繼續
盡自己的能力做到最好
這麼一來，你就會一點一點慢慢往上爬

畢竟最重要的
是在那個瞬間、那個情況下盡力做好

即使輸了也沒有關係
只要持續抬頭向上看，一點一點進步

最後獲勝的人
肯定是你

對感情
坦率

當對自己想念的人
無法說出想他這句話

以及對自己所愛的人
無法說出愛他這句話時

我在想，對自己的感情坦率
究竟是多麼困難的事情

戀愛
要跟這樣的人談才對

我想談這樣的戀愛：即使並非每分每秒都很心動，但僅僅是一次的擁抱，就彷彿能洗去一天的疲憊。兩人一起吃著日常料理，當我說今天天氣真的很冷時，對方會說那我們可以緊緊抱在一起取暖，用這樣的言語，讓當下那一刻變得無比溫暖。還有每一次要分開時，會因為可惜而緊握著對方的手不放。我想遇見一個如鬆軟棉花般溫柔待我的人，每天帶著輕鬆的心情過幸福的生活。希望能一直愛著對方、讓對方歡笑，讓這份幸福不要破滅。

長長久久。
可以的話更希望能永遠不變。

懷念過往的
事物

懷念過往的事物
那是當時延續至今的留戀
還是現在所遭遇的失望呢

像孩子一樣
去愛

唯有愛情
令人不想變得成熟

想要一再爭吵至令人生厭
也不想隱藏不安的心

所以
唯有面對愛情
要不懂事
要像個孩子

如果想成為美得令人哭泣
但卻悲傷的電影主角

我好像真的一無所有

沒有愛情、沒有喜歡的音樂
沒有喜歡的顏色、喜歡的季節

如果你想要成為
一生一次的浪漫愛情電影裡那個
美得令人哭泣卻又悲傷的主角

那麼就該從現在開始去愛

想炫耀自己戀人
的人

和無論到哪裡，都想炫耀自己戀人的人談戀愛，應該是件迷
人的事。

我說的是手機待機畫面設定成自己戀人的照片，時時刻刻和
身邊的人炫耀、焦急地想把戀人介紹給自己的家人，或是跟
朋友喝酒時，在某個時刻大大炫耀的那種人。

想要向別人炫耀自己愛人的那份心意，或許是理所當然，但
我們必須要明白，在那理所當然之中的心意究竟是多麼美
麗。

當戀情成真
的時候

愛情
真的是電光石火般的事情

差別只是在於
你能否帥氣地把握降臨你身邊的愛情
還是會一腳踢開那份愛情

就只是這樣而已

卷二

屬於兩人的
季節揭幕的
瞬間

給這個瞬間，正陷入愛情的你

我們要
幸福

今天真的辛苦了
今天的天氣似乎比平常更陰沉

聽說最近感冒正在大流行
希望你不要生病
能夠笑口常開

因為有美得不像話的你
今天一天對我來說
才會是美得不像話的一天

希望未來也能這麼美麗
我們要一直幸福下去

你對我來說

你對我來說是這樣的人：

一起度過的每一個瞬間都極具意義，想對彼此說的話多得誇張，一旦打開話匣子便會忘記時間的存在。不光是飲食喜好，連喜歡的音樂、喜愛的季節也全都一樣。不是那種覺得好像該談個戀愛而交往，而是因為非你不可的迫切而交往的對象。

我的意思是說，你對我來說，
是我想毫無保留獻出生命的人。

那些會讓人難以啟齒的過去、愛著你的現在、依然愛著你的未來，我都想完整地獻給你，你對我來說就是這樣的人。

我們只要做
這個約定就好

現在我們僅僅是視線交錯，就會忍不住笑出來，光是牽手，就會心跳不已對吧？但隨著時間流逝，我們熟悉彼此之後，肯定會遇上即使視線交錯、牽手，也絲毫不心動的時刻。

若那個時刻真的來臨，屆時希望我們不要認為這是因為不愛對方了。
那只是因為太過熟悉，而那份熟悉感，是上千次心動積累而成的真愛。

所以，未來我們也要帶著這份與眾不同的美麗自信，毫不後悔地繼續愛下去，我們只要做這個約定就好。

讓我放心自在
的人

我想和能讓我放心自在的人交往

是僅僅待在同一個空間裡
就能成爲慰藉的人

週末下午
在陽光普照的社區咖啡廳
找個角落坐下
可以一起聊上好幾個小時
不特別去做什麼事
就能以溫暖塡滿那個瞬間的人
我想和這樣的人交往

希望是一個如果我遇到挫折，或是生活變得一團糟
能以溫暖胸懷大大擁抱我的人
能把自己的事情先擱置到一旁
全心全意關注我的狀況

會說「無論發生什麼事，我都一定站在你這邊」
能為我的內心帶來平靜的人

唯有愛情，能讓難以再次恢復原狀、殘破不堪的人生
脫胎換骨成為全新的白紙

僅僅是面對著自己所愛的人
就能讓我重新找回早已遺忘的單純

笨拙的
開始

無論如何，今晚一定要在空氣美妙的夜裡散步

在距離我肩膀稍低一點的位置，你的髮絲擺動著
使那寂寥的夜空遜色了一些

如同高掛在夜空中，綻放光芒的月亮和星星
你的眼、鼻、唇，無一不耀眼

我想，我的運氣眞的很好
我覺得你好可愛，不，與其說是可愛，更應該說是有趣

啊，我講得太簡單了
我的意思是，你總是能讓我面帶微笑

抱歉
關於你的一切，我還有點生疏

第一次見到你的瞬間

我害羞地
將視線定在你身上的瞬間
那似乎就是愛情

記住

記住

你的今天

絕對

不會毫無意義

過去
就只是過去

對過往的留戀
以及許多心痛的原因

大多是因為和此刻的自己相比
當時的回憶實在太過美麗

還是想著未來將開創的幸福吧
過去就只是過去而已

致令我
神魂顛倒的你

與其說我變得比較溫和，我想正在戀愛會是比較合適的說法。除了想著、談論著、觸摸著對方之外，對其他的事情絲毫不會產生興趣。

這確實是愛。

如果想在人生中享受妙不可言的體驗，那這是不可避免的情緒。

這樣的我，為了延續這份愛情，該做些什麼才好？

我將自己所擁有的時間與空間，毫無保留地與她分享，一有機會就握緊她的手。除此之外，我不會浪費任何一瞬間。這是我最大的努力，也是我真心愛著他人的方法。

跟對金錢的慾望相比，
我本來就是個更渴望愛情能細水長流的人
我只是個差點就要忘記這件事的普通人。
是一個尚未將這件事完全拋諸腦後的人。

所以昨晚我在夢裡，看見未來的我們緊緊相擁，露出全世界
最幸福的表情。這些字句，代表了我因那個夢而激動不已的
心情。

謝謝你
愛我

眞的非常感謝這麼喜歡我的你。

謝謝你對我笑。

和你約好見面那天，爲了等過著一般上班族生活的你，我刻
意配合下班時間到公司前，而你以開朗的笑容迎接我。用這
樣的笑容，來安慰因爲天氣太熱而小小鬧脾氣的我。

當我看著你，你像個害羞的孩子一樣躲到我身後，那樣的你
實在太可愛。在你像烏龜一樣把臉藏起來時，微微露出微笑
的雙眼，那眞是令我感激。

不知爲何想說謝謝，僅僅是因爲你愛著我。
就只是因爲你，
成爲對我來說最特別的那個人。

因爲你讓我開心，所以感謝你。

我們開始戀愛之前，還是朋友的時候，你看著掛在我手上的手環稱讚「眞的好美」。也因爲想起你當時那句話，我又買了個一模一樣的手環，當作我們昨天第一次約會的禮物。

其實這並不是很稀有的東西，價格也不是太高，可當你收到那只手環後，整天盯著戴著手環的手臂，像口頭禪一般反覆地說著手環眞美，無數次向我道謝。這樣的你，還擔心自己不會表達感激，害怕傷害到我。

我眞的很感謝這樣的你。

懂得感謝瑣碎的小事，

善良到懂得因瑣碎小事而感到抱歉的你，

再一次讓我感激。

謝謝你擔心我。

某天我們用通訊軟體分享日常的時候，你突然說「我希望你
不要離開」。我問你爲什麼突然有這種想法，你回答說「因
爲變得太喜歡你了，突然感到不安，開始胡思亂想……」
這些話對你來說可能有點抱歉，但我眞的很感謝你有這麼不
成熟的擔憂。代替不擅表達愛的我，讓我知道我們的關係究
竟有多麼深厚。從現在開始，我會努力讓這段越來越深刻的
感情別化爲烏有，我會用盡全力地向你表達愛意。

讓你不會
再因為這樣的不安
而夜不成眠

所以我很感謝你。

不計代價地愛著有這麼多缺失的我、這麼不好的我，真的很感謝你。所以我跟你說，對我來說，你是即使要我用四季去交換，也毫不感到可惜的人。

這樣的
戀愛

我想談這樣的戀愛

分開時也能不輸給在一起的時候
彼此毫無保留，懂得珍惜對方的戀愛

現在該談一段承認彼此的成長背景和經驗有所不同
為了配合彼此而努力的戀愛

就連彼此最放鬆的樣子，也能毫無保留地接受
比朋友更像朋友，在一起的時候充滿樂趣的戀愛

沒有任何謊言
能坦率地向彼此述說眞心
我想談這樣的戀愛

如果是和你一起面臨的
黑暗

「一個人能夠愛另一個人到這個程度嗎」
這樣悲哀的想法一瞬間吞噬了我

面對你的時候，我就像吞下了尚未熟透的青蘋果
滿嘴酸麻，全身顫抖

在一切都背棄我離去時
你毫無保留地向我伸出了那雙代表眞心的手

來到我那被黑暗籠罩的世界
化作窗簾，擺動自己的身軀

接著名爲你的光芒自縫隙中洩漏
毫無保留地照在我的身上

你確實
是我所相信的愛情

如果和這樣的你一起踏上旅行就是黑暗
那麼我似乎不必汲汲營營於尋找光芒

就連對那從不沉沒的月亮
似乎都不再感到怨恨

現在開始會有
好事降臨

你最近怎麼樣？

感覺你正過著如果有人輕拍著背安慰你
就似乎會立刻落下眼淚的每一天

如果有人笑著說現在的煩惱都會順利解決
你應該會覺得這樣的心情一點都不陌生

雖然不知道現在困擾著你的煩惱究竟是什麼
但我相信一切都會順利解決

縱使一切無法隨心所欲，那又如何
「悲傷」之後，肯定會有「幸福」到訪

至今一直看著他人的臉色
因爲消極的心態而蒙受損失
總爲他人作嫁的你

現在
總會有些好事發生在你身上了吧？
不要緊，眞的一切都會好轉。

對，
這就是愛

你昨晚究竟漆上了什麼色彩
怎會以那麼開朗的表情
像株含苞待放的花一般在我眼前盛開

抿嘴笑著伸出手掌的小貓
嘩啦啦在客廳散落一地的疊疊樂

和帶著微笑猛然抱住我的你相比
都稱不上是平凡的美麗

所以，就在我們兩人之間放一盤橘子吧
這樣我們肯定有機會碰觸到彼此的手

屆時，我們就偷偷地跳過秋天和冬天
在春天時睜眼

然後像原本就相愛的人一樣
毫不羞澀地親吻彼此

配合小貓的叫聲
確認一下彼此究竟是誰

對
就是這個
這就是愛

漆上
溫暖色彩的心

時間像電影一樣不知不覺流逝，這次的見面，隨著我們約好下一次見面的時間而告終。可愛的相會之後總有些惋惜，但那份惋惜又與美麗有些相似，我下定決心，未來的每一次相會，都要以微笑回報。這是十分滿足的一天，雖然我對那些未能為你做的事情感到可惜，但另一方面卻也覺得有些慶幸。

對我來說，
你是未來還能付出大把愛戀的存在，
是真正能證明我心意的證據。

所以，我能夠爽快地認同此次會面留下的遺憾，其實也是一種美麗，或許就是我小心翼翼愛惜著你的方法。

你的每一句話，都散發著濃郁的香味，即使急忙地堵住你的嘴，但那些話語仍深深地滲入我心裡，與你對坐分享談話時，我感覺世界像是百花盛開般繽紛亮麗。也因此，我偶爾會像要把你的臉看穿一樣盯著你瞧，不曉得笑吟吟的你，是否知道箇中緣由。

因為喜歡你的笑容，所以我又看著你的臉，或許你是知道我的用意，才露出超級可愛的害羞模樣，才會用比可愛更可愛的行為填滿這個時刻，才會以美麗的表情，用「我愛你」這句感動的話語稱讚我。

離開心愛的你，帶著有些疲憊的身軀坐上公車，公車裡人群的氣息十分濃郁。公車在路上開著，而我為了聽最近喜歡的歌曲，從包裡翻找出耳機戴上。那小巧的耳機裡流瀉出的音樂，與你的氣息太過相似，讓我不得不快速遮掩自己緋紅的雙頰。

好不容易壓抑住害羞的心，窗外黃澄澄的路燈從我經過的路上呼嘯而過。即使是接二連三呼嘯而過的一般路燈，對我來說都像和你相會的餘韻一般，濃長且美麗。

所以啊
就連你不在我眼前的那些時刻
我腦海中都充斥著你
一切的一切都因為有你，才有了意義
我就是這麼愛你

回到溫馨的家中，放下行囊，我輕坐在床上，床邊的角落也令我毫不猶豫地想起了你。下意識地看了一眼鏡子，我的臉上充滿了你的痕跡。我格外豐厚的下唇，似乎還殘留著你淡淡的香氣，我只能咬一下嘴唇來滿足自己的惋惜。

變本加厲的我半躺在床上，想要更清楚地想起你，覺得你對我來說，真的是無可取代的重要之人，令我再一次感謝起天地萬物。然後我開始自言自語。

在未來的生活裡，似乎能夠用溫暖的色彩，畫出我們的故事，未來將不會再有黑白混雜的寂寥場景。

因我的愛情萌芽
因你的存在成長為一整片森林
我們擁抱著眾多事物
也讓我們更加溫柔

我的人

在人際關係中
一起度過的時間並不重要

即使是前天才遇見的人
也可能是了解我的難處、向我伸出援手的人

有一個這樣的人在身邊
才是最重要的

想
有你陪伴的
季節

想和你一起，永遠活在夏天裡

溫暖和煦的陽光灑落
吹著涼爽清風的夏天，我不喜歡寒冷
既然都這樣了，也希望我們可以不要懂事
我們可以一直熱情下去
嗯，冰冷的表情並不適合我們
親吻還在咀嚼白飯的你，這樣的玩笑似乎也能持續到永遠

所以，我們一直在一起吧

讓我們能在每個早上睜開眼時
最先看到的人都是彼此
即使偶爾冷卻一下好像也沒關係

不，我不是這個意思

偶爾是春天或秋天也沒關係吧
畢竟隨時都很熱情也可能是種問題

沒關係，什麼都不會改變
我對你，以及你對我的愛情

活在永恆盛夏中的我們
或許，死了也都要愛
但我喜歡

想去旅行

最近和朋友的對話

總是會出現
「真的好想去旅行」這樣的內容

這代表最近的生活
真的令人十分鬱悶

只是用想逃到哪裡去這樣的話
來表達煩悶的心而已

如果遇上什麼事
都不順心的時刻

說好要做的事卻意外地不順遂、原本相信的人接二連三地背叛，讓你陷入難以挽回的混亂之中。獨自一人承受這些，對身邊的人訴說煩惱，得到的也只有「人生就是這樣，你就這樣想吧，別太放心上」這種毫無意義的回答與反應。

一想到這些無法解決的深刻煩惱，會延續到明天、後天，延續到遙遠的以後，毫不停歇地折磨著我，反而使那些無論如何都要解決煩惱的意志慢慢消失，最後令人放棄。

最近是令我甚至不記得上一次大笑是什麼時候、感覺到幸福是什麼時候，甚至令我很容易察覺到，自己開始習慣性說出「無論是哪裡都好，好想去旅行」這種話的一段時期。

你所走的路
就是正確的路

最近應該過得很疲憊吧？
如果有人拍拍你的肩
說可以不必再繼續努力了
那我想你應該會立刻放下一切

有人曾說過
只想給愛人看到自己最好的一面
想要展現自己可以戰勝一切的一面
想要祝賀比自己更順遂的朋友
但同時又不知爲何感到羨慕嫉妒

這一切都是理所當然的事情
只要是人都會這樣
可以不必太過擔心

「我錯了」「我的答案不對」
這種想法沒有也罷

即使「加油」這句話
感覺就像奢侈
即使想要的事物
在太過遙遠的彼方
也請別放棄

慢慢地，一步一步走下去
那就是正確答案
那就是
最正確的道路

現在你認為有問題的這條路
你走了好久好久的這條路
就是正確的道路
當然，這無庸置疑

總是
為我著想的人

要把總是將我放在第一順位的人
留在身邊

總是認為
和我的約定最重要

總是好奇我的一天
總是為我著想的人

想要
這樣的戀愛

不知從什麼時候開始，戀愛時好像比較不會去在意對方的外表或能力。

反而更喜歡一張會笑吟吟看著我的臉孔、喜歡對方會幸福地吃下我餵的食物、喜歡結束各自的工作之後，在社區的公園裡見面，喝罐爽口的啤酒，享受單純的小幸福。炎熱的夏天，在開著空調的涼爽房間裡，看著頗有氣氛的電影，再有幾包零食就完全沒問題的自在戀愛。

在彼此的生命中成為對方的一切
也絲毫不會感到不自在的戀愛

淒涼的
瞬間

如果說活到現在，都不曾有過淒涼的瞬間
那麼也真是有些悲哀

如果沒有在下雨時會想起的畫面
如果沒有在下雪時會想起的畫面
若櫻花盛開時、落葉飛舞時
都不會想起任何事，那真是悲哀

對你來說
是否有過身體麻木到
什麼也做不了的淒涼瞬間呢？

除了我自己之外，
最重要的人

在這混雜的人生中
在完成個人職責的道路上

驀然間
思索著「他現在在做些什麼？」
除了我自己之外
最先想起某個特定的人這件事

僅只是這一點，就足以稱之為愛情

比起轉眼即逝的心動，
現在更重要的是熟悉感

比起心動感，現在更重視熟悉感。

有了想看的電影，理所當然會一起去看；有想吃的東西，理所當然會一起去吃；找到喜歡的歌曲，會第一時間分享。

即使分享平淡無奇的一天也不會感到無趣，可以享受每一天的珍貴熟悉感。以前我總是努力尋找全新的悸動，但現在更重視在這繁雜世界中，能成為我休息港灣的熟悉歸屬。

我已經將帶給我安樂的你，視作最珍貴的寶物，未來也想在這熟悉感之中，永遠地愛著你。

我們不是擦身而過的怦然悸動
而是能永遠回憶的穩固愛情

擁抱萬物生機
唯一的你

從吞噬一切的事物中將你拯救。

在騰騰霧氣中滴答作響的秒針、蕩漾的江水，我想將一切都
送給你。我想為這世界漆上生機盎然的綠，帶著眼前的一切
事物都與你十分相似的想法入睡。也想將從這些事物中感受
到的生氣含在嘴裡，用來盡情愛著眼睛眨個不停的你。

能夠觸碰到我的，只能是名為你的存在。我所知道的愛情，
就只是你和我互相凝視。

傷痛

不能將自己的困境當作藉口

給在身邊支持自己的人
留下難以抹滅的傷痛

對方的理解、對方的忍耐

都只有在你是「我的人」時才可能發生

理想型

因爲自尊心較低
所以我的理想型
自然地成了能提高我自尊心的人

是會告訴我說無論從事什麼工作
我都一定會成功的人

是會用好聽的話語
稱讚我的外表的那一種人

愛女朋友的
方法

愛女朋友的方法有好多種
其中有一種最常見、最普通
但卻很多男人都難以實踐的方法

那就是在日常生活中極為平凡的對話裡
摻雜一些關心的話語

比如說當女友問睡得好不好時
可以回答「嗯，我睡得很好，妳最近好像睡得不太好，
總是睡到一半醒來，今天有睡得好嗎？」
提一些很瑣碎的事情
用發自內心關心的回應
帶給女友小小的感動

女人面對這樣的情況時會有這樣的想法：

「啊，這個人連我日常生活中的小事都不會錯過，會記得一清二楚。」

「身邊有一個眞正關心我日常生活的人。」

會因此開心
也會覺得自己是個被愛的女人

和這樣的人
交往

請和能把話說得很漂亮的人交往

不要和會習慣性說出傷人話語的人來往

最重要的
是會用喜歡你喜歡得要死的表情
和你說話的人交往

放下
擔憂

雖然總說要放下擔憂
但我們都知道
放下擔憂這件事情
比下雨時不撐傘還要難

我不會強迫你
不會強迫你一定要放下擔憂

只求你不要太痛苦

春天
並不是
非要溫暖不可

春天
難道是一定要心動、一定要溫暖
一定要有什麼萌芽的季節嗎？

不
對我來說，春天這個季節
只是會立刻想起淒涼
想起很多痛苦的季節

是一定會有什麼
從我身邊離去的季節

大部分的人在度過幸福的春天時
我卻因為這不是秋天也不是冬天
而頂著一張憔悴的臉
撐過每一個時刻

你知道的
如果有人問我
最適合離別的是哪個季節
我一定會立刻回答是春天

所以我從現在開始，要把春天一分為二
前面那一半分給冬天
後面那一半要分給夏天

在只有夏、秋、冬的世界裡
我再也不會失去任何人

草率的
期待

無論是什麼事情
草率的期待都會帶來壞處

尤其
和人與愛情相關的事情

更是如此

夏天的尾聲，
那個早晨

現在已經是秋天了
早晨冷涼的風，愉快地掃過臉龐

顏色美麗的高空
讓人變得很想和心愛的人見上一面

季節更迭、令人心癢難耐的時分

心愛的人
彷彿
變得更加可愛

永遠
不變的你

我每一天，都更愛好像永遠不變的你。最近我有了一個小小
的心願，就是希望這永恆的氣息能停留在我身邊。我也想把
身邊的這份永遠，送給你當作長久的禮物。
現在外面已經是秋天了，進入了我們整天黏在一起也沒問題
的天氣。

現在，清晨躲藏在窗戶縫隙的陽光之中
有你的身影
自房門外傳來，廚房裡的鍋碗碰撞聲之中
似乎也充斥著你的氣息

還有昨天啊，我真的很想很想你。彷彿從數條斑馬線之外的孩子們的笑聲中，都能聽見我們幸福的未來。

因為你在我身邊
在這個小小世界
才能有巨大幸福

萬里無雲的晴空，秋日的陽光如吉他旋律般溫柔流轉，我想將我的心以及一切，都裝在一起送給你。只要可以，我就想演奏這段音樂給你聽。

總之，今天我很感謝不計代價接納我的你。想和你一起平凡地在草坪上散步，想牽起你小巧的手，來一趟不在計畫裡的旅行。
因為我曾說過你皺著鼻子的表情很美，所以你就把一整天都做著那個表情的照片送給我，我真喜歡這樣的你。

現在這樣的生活真的很棒。好像回到七歲時，在媽媽面前撒嬌的自己。

只要你在我身邊，這份莫名的安心就讓我彷彿可以放下一切困難，像個孩子一樣奔跑。

謝謝，給我一個機會能這樣深深愛著某人。讓我從假裝自己是別人的謊言中，走進懂得等待季節變換的生活裡。

謝謝這樣的你
我多愛這個季節，就有多愛你
不，或許比愛這個季節更愛你

很快就要進入真正的秋季，屆時又會遇見多美麗的你，我想我得從明天早上就開始期待。

因為現在還只是在與夏天爭吵的初秋而已。

很想知道此刻留在我身邊的人，
會一直陪在我身邊到何時

我還是覺得人際關係很棘手。
最近這樣的想法占據了我的心。

所以，才有了很想知道此刻留在我身邊的人，究竟會一直陪
在我身邊到何時，這有點愚笨的想法。

因為我現在從事的工作實在太過忙碌，所以無法和過去經常
見面的朋友相會。這樣下去，會不會在我不知不覺間，追不
上朋友們所累積的回憶，然後漸漸被遺忘，真是讓我感到不
安。

這樣的煩惱，近來總讓我徹夜難眠。

為了遙遠的未來，

我是要承受這一切，過著像現在一樣的生活；

還是應該放下一切，

照著心之所向，去行動、去生活。

因為這些絲毫不可能解決的混亂，讓最近的我十分疲憊。雖然沒有什麼話想說，但還是想突然傳個訊息給想念的朋友，問問他們最近在做些什麼，和他們聊上幾句。看著朋友們貼在社群網站上，那些沒有我的照片，讓我開始想耍一點沒用的小心機。

基於這樣的心情，我前所未有地深刻感受到人際關係的重要性。

「因為你很忙，我當然能夠理解」，朋友這句話我當然很感激。「你已經做得夠好了，不要在意別的事情，專心做好你的工作吧」，戀人的這段話也讓我感到很窩心。

在這些痛苦之中，我期待的事情其實是：

現在幾個為數不多能夠安慰我的人，
能夠不要改變而已。

希望他們能夠稍微等我一下。

等我到我爬到一定的位置之後，等我擁有足夠的能力，可以
報答那些令我感激的人就好。真的只要等我到那個時候，我
就能夠加倍報答，我所收到的所有安慰與鼓勵。

一年四季
都想和
同一個人共度

一年四季都想和同一個人共度

即使每一個季節之間
溫度都在變換
心卻依然不變的人
我想愛這樣的人

在櫻花盛開的美麗季節，能夠一起到哪裡走走
在炎熱的季節，能待在涼爽的冷氣房
一起輕鬆看部電影

在微涼的季節能夠貢獻彼此的胸懷
讓對方不感到寂寞

在說話都會冒煙的寒冷冬季
將緊握的雙手放進大衣某一側的口袋
在路上買個熱騰騰的鯛魚燒彼此分享的人

我想和這樣的人談場特別的戀愛
即使在別人眼裡並不是很特別的情侶

但對我們倆人來說
這世界比什麼都特別
或許彼此
就可以成爲彼此的小世界
想談這樣一場有品味的戀愛

卷三

在
疲憊一天的
尾聲

給需要溫暖安慰的你

真的，
做得很好

你做得非常好

你至今曾締結或斬斷的
每一段人際關係

一早起來拖著沉重的身軀
有時甚至餓著肚子面對的每一件工作

那些擔心被別人遠遠拋在身後
而費盡心思的每一個瞬間

你都做得很好
真的

每個瞬間
都是你

我的每個瞬間都是你

身陷情網的時刻
痛苦萬分的時刻
甚至是離別的時刻

你是我的世界
是我生命中的每一個剎那

如今若失去了你
那麼我或許
會不知該如何闡述我至今的生命

竭盡全力的
日子

最近真的有很多改變

留在我身邊的人換了一批
我前進的方向和過去想走的路截然不同
會聯絡的老朋友，如今也變得有些尷尬
在沒能見面的時間裡，逐漸砌起了一道牆
現在只是開始能看見那道牆而已

不懂事時不將家人的關心放在心上
但現在那卻成了我唯一的歸屬
現在也開始經常
對眺望遠方的自己問些煩人的問題

我不是說不滿意現在的生活
現在已經充分彌補了自己的不足之處
實現了過去的願望，該放棄的也果斷放棄
爬到了自認爲靠近特定目標的高度
在可以說還算不錯的生活裡向前邁進

但如今獨處的時光越來越多
懷念起無數的過往
卻成了最大的問題

過去和朋友說過的那些
摻雜粗魯內容的沒營養對話
以年輕爲藉口，故意不跟家人一起度過的時間
比起金錢，更喜歡和朋友一起
到涼爽的溪谷踩踩水、一起歡呼的過去
這一切都令我深刻地想念著
這是近來最令我難受的事情

我明白我緬懷許多事物的此刻
總有一天也會成爲懷念的過往

所以我不斷下定決心

總有一天要讓這些折磨我的現在
成爲令人懷念的過往
努力塡補這個空虛的當下

反正都是要懷念的時光
那麼比起充斥著留戀與遺憾
更希望它
能成爲充滿美麗的追憶

希望現在這個當下
能夠總是全力以赴

我的世界
依然很幸福

似乎已經過了許久，久到以「漫長」來形容這段時間也不足
為奇的程度。我發現了一些你所留下，早以為已消失殆盡的
痕跡，讓我感到十分驚訝。

其實我在和你分開之後，就成了聽著甜蜜情歌還是會感覺悲
傷的人。聽著這些歌，總會想起你藉著醉意溫柔撫摸我的
頭，會想起你可愛地恐嚇我說「我是第一次這麼喜歡一個
人，千萬不要太迎合我」。
我會想起你穿著和我一樣的衣服，坐在巴士上前往你深愛的
大海，低聲說你將所有時間交付予我後沉沉睡去時，會想起
我們即使天天在電話裡分享日常，卻還是有多到數不清的話
想對彼此訴說，絲毫感受不到時間的流逝。

有一些歌詞很美的歌曲，能將這些美妙的過往化作追憶，這話聽起來或許有點悲傷。我今天莫名有些討厭時間這個東西，它明明就照常流逝，但為什麼卻不把記憶中你的微笑、充斥著我整個世界的屬於你的氣息給一併洗去？

我帶著希望你不會繼續不幸的心情放開你的手，但代價卻是我痛苦了這麼久。真是殘忍。從獻出彼此所有寶貴時間來相愛的關係，成了只為其中一人的幸福，而使另一人不得不痛苦的關係。請你千萬要過得很好。你依然很美，雖然有點難過，但比起在我身邊，用著像孩子一般的表情對我說愛時看起來更好。你那原本像是刻意漆上粉紅色的眉眼，如今看來都散發著春天的氣息。

對，現在我們不再相愛
你在新世界裡譜出美麗的協奏曲
而我依然在這個世界
艱困地喘息著
偷偷思念著你

當你露出笑容
我也會開心

我啊
喜歡看你笑的樣子

看見你的笑容，我總是覺得很新鮮
而且無論是哪個季節

只要當下我愛著某個人
那麼那個瞬間
轉眼便成了最舒適宜人的溫度

我想
去愛

愛人這件事
就是在他人心上烙印我的生命
而我烙印其上的生命，很快會成爲那個人的生命的一部分
再過不久便會走進不能沒有彼此的世界
愛情就是這麼危險的嘗試
但同時也是不願用任何事物交換的幸福

所以才想去愛
盡自己最大的努力，以眞心靠近
如果打算以搖擺不定的心情去尋找幸福
那隨之而來的風暴，將會席捲並摧毀整顆心

要像撿拾容易破碎的落葉一般小心翼翼
有時又要像解出正確答案一般充滿自信

然後偶爾也要想著我和這個人的相遇
或許是冥冥中自有安排的命中注定
珍惜著將這份愛延續

再沒有什麼事情
是比愛著某個人或成為某個人的所愛
更近似於令人目眩神迷的奇蹟
只望你，能好好珍惜這份心意
繼續成為彼此的世界

若遇見能讓你堅定信心承擔這一切
並讓你在承擔的同時
也還想繼續去愛的人
屆時你可以將自己完全交付給這片海洋
那至少能讓你感到幸福
或者能成為你過去與現在的人生
甚至是未來繼續活下去的原因

包括深深愛著他人這件事
以及成為他人摯愛的這件事

給你的
感謝

一切就像是順水推舟
不，這並不是我的錯覺，我只是有這樣的感覺
我只是抬起了腳，但卻像搭乘著什麼一般
眨眼之間跨到了下一個階段

我覺得這應該是託某人的福
明確地知道那個「某人」是誰
則讓我更感到興奮

我乾癟的手掌
再度充滿生機一般變得溫軟
我簡直置身另一個次元

彷彿成了我的最近
我的季節
我的一切
眞是感謝你

我終於領悟至今所經歷過近似於死亡的痛苦
都是爲了擁有你
打從心底感謝你讓我領悟

我早已開始感到心癢難耐
因爲我已開始期待著
和你共度的遙遠未來

與人
相處

與人相處時
偶爾必須把想說的話
吞進肚子裡

並不是因為在那個狀況下
這是最好的選擇

只是因為害怕
那個人
有可能會討厭自己而已

為了
不互相傷害

人和人之間，如果只是單方面抱持著迫切與愛意，那總有一天會讓其中一方受重傷。所謂的戀人，並不是單方面努力就能延續的關係，但很多人卻習慣抱持著「他會一直喜歡我，我不需要表現出迫切的渴望」這種安逸的想法。只有這件事請各位務必牢記：

那些為我付出無限愛意的人
總有一天會感到疲倦
會轉身離我而去

我的
使用方式

我是個嫉妒心還滿強的人。

而且自尊低落，所以和別人戀愛時，總會執著於一些微不足道的小事。希望和我交往的人永遠只看著我一個，而且也不要對我以外的人表露出親切，這樣的渴望充斥著我的心。

我知道這所有的渴望，很容易被看成是種自私的想法，但希望對方能用滿滿的愛來填補我這些缺陷的渴望，或許未來也不會消失。

所以
如果你對我是真心的
或者你是帶著真心接近我
請你千萬
要非常珍惜我

讓我不會再為了殘忍的愛而受傷難過，求你。

時間離去後
所留下的

「現在想起那個人
會覺得他並沒有那麼壞」

即使已經分開
即使已經成為陌生人

但時間
總是會留下對方最好的樣子給你

所謂
美麗的戀情

美麗的戀情其實並沒有很特別。

就只是知道彼此喜歡什麼食物、知道彼此偏好什麼類型的電影、光看通訊軟體中的語氣，就知道對方此刻的心情、只憑電話裡的聲音，就可以猜出對方正在做什麼事，還有當戀人和其他異性談話，在社群平台上互相留言時，會因為在愛情中那不成熟的一面作祟，而吃個可愛的飛醋。

就像這樣
走進彼此的日常裡
一起做一些超級瑣碎的小事
就是所謂「美麗的戀情」

抬頭仰望的
天空與傍晚

眾人認爲那還不算是早晨的黎明時分
是你逐漸西沉的傍晚
連你這番熟悉的樣貌都感到陌生
悲傷又哽咽地問著要我如何將這一切吞噬的
是我漸漸清晰的傍晚

就連聲嘶力竭鳴叫著的知了，都好奇我們的故事
在憂鬱的日落時分
仍無法加快腳步逃離的烏雲
帶著靜悄悄的步伐，想藉著時而傾盆的大雨
偷偷洗去那如針一般堅固的回憶與留戀
我這番模樣
宛如因秋天的聲音
而提前開始害怕的秋葉

你只需要看著
自己的前方

現在
要眞心感謝留在你身邊的人

即使無法經常見面
卻知道要在你身邊出聲爲你加油的人

不要對恨你的人或你恨的人
浪費寶貴的情感

你就當作是報答他們對你的信任
專注於你自己的人生，認眞活下去就好

了不起
的人

今天那些難受的事情
並不是到了明天就會變得不在意

因爲這世界上存在著很多
無法用我們的常識說明的事情

即使如此，面對這雜亂無章任意妄爲的世界
你卻能時而悲傷，時而開心地笑著
努力每一個日子
或許你眞的是個很了不起的人

你，
真是個
美麗又出色的人

你，真是個美麗又出色的人

會令人惋惜你因一段不好的戀情而受傷
若你被一個錯的人拖累
也會令人感到十分不值

我們其實
都有著屬於自己的魅力

隨著是否能在適當的時間與地點
好好表現出這些魅力
他人對你投以的目光也會截然不同

所以你啊
肯定擁有十分龐大的魅力
只是沒有掌握展現這份魅力的方法
你的確是一個
比任何人都要美麗且出色的人

所以從現在起
你可以有點自信
可以再更抬頭挺胸一些
不需要刻意貶低自己

肯定會有些人因你的痛苦而悲傷
也肯定有些人已經察覺你的魅力
更因此開始喜歡你也說不定

比起責怪自己做得不好
我更打從心底希望
你能夠成為真心稱讚自己的人

因為太想
去愛

因為太可愛而滿意
因為太滿意而喜歡
因為太喜歡而愛

所以從現在開始我想試著放手去愛

想試著去愛你

或許，
是一種魔法

我帶著眞摯單純的心去愛的人身上
總是散發一股莫名的香味

我喜歡這股香味，究竟是因爲那是他原本的味道
還是因爲我喜歡他的全部
我其實並不清楚

但唯一能確定的是
在所謂的愛情裡放入眞心之後
那些無法用言語說明，如高深魔法般的事情
就會理所當然地發生

小感動的
重要性

請讓女友經常產生一點小感動。

即使不是紀念日也沒關係。在那些不特別的日子裡,互相做一些意想不到的事,反而能產生更大的感動。要約會的時候,比約定的時間更早一點出現,準備一束適合當天氛圍的花束。收到那束花的女友,臉上會露出不輸花一般美麗的微笑。

比起送昂貴的禮物,不如送她一封帶著滿滿誠意的手寫信,就算寫出來的字歪七扭八也沒關係,愛並不是來自於字的好看與否,而是在寫那封信的時候,思考著該寫些什麼的認真面容。當然,沒有人不喜歡昂貴的禮物。雖然如此,收到禮物時的感動肯定更巨大,因為那能夠代表真心。

俗話說良

言能抵千兩債，所以請經常對女友說些好聽的話吧。「太常說愛，對方會習以爲常」這句話是錯的，情人之間互相說愛，從來都是正確答案。

所以

愛你和謝謝你這兩句

是絕對不能吝於表達的話

還有，戀愛的時候，肯定會遇到傷害感情的事，也會有因爲太過鬱悶，想大聲發洩怒氣的時候。但遇到這樣的情況，請不要隨意發火、飆罵髒話，要先用冷靜的語氣說服對方。女友也會眞心對你感到抱歉，如果她眞心愛你，就會因爲你的態度而大受感動，不會再犯第二次相同的錯誤而讓你難過。

請務必要記住

有時候一些小舉動

就會是最偉大的愛情表現

這個春天
很像你

春天來了
讓我愛的人
變得更可愛的季節

我愛你的
方法

如果你愛的人
吵著說想見面

別問理由
趕快飛奔到對方身邊才是對的

這麼做，就是我愛你的方法

這是我所能給的
最佳回報

你穩定了我的世界
當我無法以平常的方式去做事時
你總會在我身後，溫暖地擁抱我

即使我總是會視當下的情況將你推開
你還是不停地主動靠近我、接納我
讓我在面對這個彷彿再也無法戰勝的世界時
能夠堂堂正正、抬頭挺胸
讓我那本沒有一絲光芒的清晨
幻化成為像白天一樣溫暖

對我來說，和你這樣的相處，至今對我仍像一場夢

所謂愛情的熱度
究竟可以持續多久，沒有人知道
甚至無法猜測

你和我，我們的愛或許
只能用具有比永遠更廣大意義的字眼來形容

所以我希望能夠儘早
正視這個如夢一般的現實
我應該將自己的一切交給你
這是讓愛著你的我，以及愛著我的你
能夠一輩子相愛的最佳方法
我心知肚明

我不會忘記現在這份幸福
我會盡最大的努力去愛你
跟你約定

希望我身邊的人
一直都是你

希望我身邊的人一直都是你

可以一起去看想看的電影
可以一起去社群平台上掀起話題的美味餐廳
可以一起分享毫無來由憂鬱低落的夜晚

希望那個對象未來也一直都是你

即使積累了許多不快而爭吵
但我也不希望對象是除了你以外的人
即使要努力磨合彼此的個性
我也希望那個人一定要是你
我在腦海中所描繪的未來
並不希望和除了你以外的人共享

當我有了想做的事情

會相信我、會為我加油的人，希望一定要是你

就像至今我們對彼此的好

希望我們能守著至今累積的信任與信賴

未來也一直在彼此身邊幸福下去

我曾經想像過與你分手的情景

這樣的事情光是想像，就令人悵然若失

所以我希望未來

我可以對我們的關係投注更多的努力

也希望你一定要和我有相同的想法

希望你也能真心對待這段關係

我是希望

這些期待與煩惱的對象

讓我徹夜不眠

都想好好疼愛的對象

可以是你

粗枝大葉
的人

就把我們的尷尬當成是一種美麗吧。
即使是錯覺，也要這樣相信。

就這樣欺騙自己，最後把謊言變成現實。我們就這樣相愛
吧，即使不懂事也無妨，愛情絕對不是精心計算的感情。
我們要擺脫平凡。不，我們要特別但卻接近平凡。要漫無目
的地閒晃再突然停下腳步，然後試著轉身離去。如果這段關
係好像要看到終點，那就緊緊閉上眼。

對，就讓我們像這樣，
分享這世上最粗枝大葉的愛情。

即使我們爭吵
也不要轉身離開彼此

即使我們爭吵，也不要轉身離開彼此

即使我們因為爭吵而開始怨恨對方
也只要怨恨一下下，然後迅速恢復成像過去一樣
彼此相愛的關係
不要把那短暫的怨恨一直放在心裡
只要想成是擦身而過的冷風

要像我們一開始約定的一樣，永遠一起

遇見命運
的機率

人生有很多機會
都是悄悄降臨
再靜靜離去

其中能夠談上一段
命定愛情的機會
可說是少之又少

能夠察覺到這渺茫的機率
抓住名爲你的命運
或許我就是世界上最幸福的人

人生的
決定權

為什麼你人生的決定權
並不是掌握在你手上，而是掌握在別人手上

你的人生由你來決定

無論是什麼，都必須要依照你的想法
因為這樣即使後悔也心滿意足

每個人
都是這樣

有笑的時候，有哭的時候
有心中充滿感動的時候
也有心如死灰枯槁的時候

這件事
任誰都不會有例外

只是
暫時的

只是因為暫時下雨而悲傷
只是因為暫時下雪而冷到生疼
只是因為夜晚暫時降臨而失去方向

待不久後雨停，天空便會再度晴朗
待不久後雪停，氣溫便會再度回暖
很快另一個美好的早晨就會再度降臨

這沒什麼
真的只是暫時而已

將世上的美麗
都送給你

眼睛所見的一切都變得珍貴
晴朗的天空、空中的雲朵
以及雲朵之間的陽光都如此美麗

因為這就是愛

我們好像
經常吵架

我們剛開始戀愛時，就像一般的情侶，忙著和對方說愛你，即使對方做錯也會說沒關係，只要以後別再這樣就好，不會和彼此爭吵。

但是啊，最近我們變得有點奇怪。經歷一次大吵之後，就經常因為十分瑣碎的小事而吵得臉紅脖子粗，也常對彼此大小聲。

我確實還很喜歡你
而你也確實還很喜歡我

男女交往久了之後，熟悉感已經大過於悸動，開始對一切感到習以為常。是因為我們已經太熟悉彼此、相處起來太自在，所以才失去了對彼此的關懷嗎？

但幸好，我們吵過一次之後並不會冷淡太久，很快就會和解，然後像平常一樣，又繼續笑鬧、享受幸福。

所以我們就約定一件事吧。無論再怎麼因為頻繁的手吵而感到疲憊，也不要有人開口說分手。

別把現在這份「熟悉感」
誤以為是從此不再愛對方

我們再怎麼熟悉彼此，都是截然不同的兩個人，要怎麼事事都磨合得完美無缺？即使爭吵，也不要只是爭吵，要當成是了解彼此的過程。我真的很喜歡你，如果你也很喜歡我，那希望你也和我有一樣的想法。

我們不要像那些因為小爭吵就分手的笨蛋一樣。

「口氣」
請不要改變

「口氣」請不要改變
你下意識以生硬又冷淡的語氣說出的話
會帶給對方比想像中更大的傷

口氣改變這件事
就代表對彼此的愛
也已經有一定程度的冷卻

所以即使過了一段時間，最基本的語氣仍不能改變。
改變的雖只是你的語氣
但對方所承受的痛苦和產生的想法，卻一點也不單純

期待落空的
夜晚

「明天會幸福吧」
其實我知道明天
會像這句平淡的話一樣普通
但今晚還是抱著希望可以幸福的期待
進入夢鄉

最近的夜裡
總是充斥著擔憂

我只是因為不想要被討厭，
所以故意忘記生氣的方法

我忘了生氣的方法。

從某一刻開始，遇到會讓人生氣的事情時，我總會爽快地讓大家見識我不生氣的樣子。小時候說生氣就生氣，說哭就哭的我，到了一定的年紀之後，卻開始無法輕易表露這些情緒。

為什麼會變成這樣呢？
我仔細想想，最大的原因，
應該是「不想被某人討厭」吧。

如果我發了一頓很大的脾氣，對方肯定會開始討厭我，而我
真的很不喜歡因為這樣被討厭。我並不堅強，沒辦法在被討
厭的情況下還把事情盡力做好，這一點我非常清楚。

所以才習慣了不生氣。
結果卻忘了生氣的方法。
在不知不覺間，一點一點地忘記……

我們的
生活

我們的生活
要隨心所欲
或許才是最正確的方向

即使口袋不夠深
但還是要毫不猶豫買下自己想買的衣服
平時想吃的食物就要立刻去吃
不要太過煩惱

有人讓我生氣
別像傻瓜一樣默默忍著
要明白講清楚
到底是哪裡不高興

不想做的事
可以不用勉強
不必硬是撥出時間
去跟那些
自己不喜歡的人見面

愛意要即時傳遞
別讓未來的自己後悔
想念誰的時候，就要表達自己的思念
這樣生活才是最棒的

畢竟是不能從頭的人生
如果充滿委屈和遺憾
這麼寶貴的人生，若成天只是看他人的臉色
過得痛苦萬分
那會多麼難受、多麼孤單啊

所以抬頭挺胸，大步往前跨出去吧
你比你想像的還要更棒

失去主人的
記憶

由於你至今
仍悠遊在我過去的記憶中
因為你以美麗依舊的姿態
活在我的每一分每一秒中
所以我才忘不了你

只是擔心
萬一我將當時的記憶都遺忘
那麼你將會永遠
被困在沒有主人的記憶裡
孤獨終老

我眞的很恨你

因爲我知道
遇見了命運，讓心安定
是多麼不容易的事

因爲我曾經
以爲你就是我的命運

分開的
理由

分開的理由
不容許任何的藉口
無論是如何辯解
或說自己沒有做錯，將責任轉嫁到我身上
最後終歸是因為
從此不再需要對彼此付出愛情而已

你不斷逃離我身邊
而我也找不到挽留你的理由
就這樣
我們迎來心痛的離別時刻

分開之後無法接受事實的我
以及一臉早知道會這樣的你
真的是存在於同一個時間、同一個空間裡的人嗎

這一切都太過截然不同
而我們究竟是用什麼理由堅持了這麼久
遲遲不肯放手、不斷傷害彼此

我們望著瞬息萬變的烏雲
就能知道很快要降下大雨
看到帶著窘迫表情步伐拖沓的行人
就能知道他今天肯定過得亂七八糟
但卻為什麼看不出來
近在咫尺的那人，心早已冷卻的事實，究竟為什麼……

是啊，行為舉止假裝像沒有分手的我們
最終發現這只是一場空
我們真正的心聲，其實是「再也不愛彼此」

卷四

再見——
我的
每個瞬間

給因為人、因為愛而受傷的你

我決定
再一次站起來

今天即使倒下數千次
也不要認為自己永遠不會迎接美好的時刻
不要責怪自己
即使摔倒受傷
只要咬著牙假裝從來不曾受傷
再站起來就好

等待著降臨你身邊的幸福
你只要做好完美的準備
當幸福來臨時
讓自己能徹底地接納它就好

你做得到
我們，已經決定再一次站起來了

因為喜歡你
所以我很不安

我啊，因為太喜歡你了，所以很不安。

感覺你會厭倦我、離開我，即使我比任何人都清楚你並不是
這樣的人，但我似乎無法阻止自己感到不安。在我眼裡，你
是這世上最美、最棒的人，我很擔心在他人眼裡，你也是這
樣的人。

本想對你訴說這樣的不安，但卻又覺得我太執著，而無法輕
易把自己的心聲說出口。託你的福，我最近過得十分幸福，
整顆心暖洋洋地，甚至懷疑自己竟能喜歡一個人到這種程
度，但也因為太喜歡你，所以感覺很不安。

如果說我有什麼願望
那就是希望你也像我一樣喜歡你
希望你能讓我愛得更踏實

只要這樣，只要這一個願望
那我就能放心
用盡一切去愛你

談戀愛的時候
彼此會相似得
令人驚訝

戀愛的時候，兩個人會漸漸相似到令人驚訝的程度。

男女之間因眞心相愛而展開一段戀情之後，在一起的時間越久，相似的程度就會越令人感到驚訝。起初覺得「這個地方和我有點不同」的事情，在不知不覺間會越來越相似，身邊的朋友會越來越常說「你好像跟你的另一半越來越像了」。

其實人原本就是這樣
眞心愛上某個人之後
會在不知不覺間
模仿那個人的行爲和語氣
據說這是人的本能

總之，我想這是因為墜入情網之後，在一起的時間變多了，彼此對話的時間也多了的緣故。

不過如果你正在戀愛，也在不知不覺間模仿你戀愛對象的行為或語氣，這就是你真心愛著這個人的證據。

還有，如果你真心愛著的對象，談吐和舉止也和你越來越像的話，那絕對可以說稱之為命運或奇蹟。若是看到這樣美麗的緣分，我們應該要稱讚那是「天造地設的一對」。

你過得
好嗎

「過得好嗎？」

不知道按捺了多少次想問候你的衝動。又不是喝了酒，也不是從別人那裡聽到你的消息。但最近真不知道為什麼，總是懷念你訊息裡的語氣、你電話裡的語氣。
我們分開好像已經過了半年多一點，但我似乎依然無法承認我們分開這件事。如果不是這樣，你的身影不可能始終清晰地留在我眼前。

那是我們交往還不到一個月時的事情吧，你直勾勾地望著我的雙眼說：
「你眼睛底下有顆愛哭痣，所以你才這麼愛哭，我現在突然發現你的眼睛很好看。」

你那句話讓我害羞了起來，不得不用手遮住那張像喝醉酒一樣紅透了的臉。但現在想起當時你對我說的話，卻是討厭得恨不得將它從記憶中消除。每天看著浴室裡的鏡子，發現呆站在那兒的我眼睛底下的這顆痣，都會讓我感到挫折。你僅僅只用「我的眼睛很漂亮」這樣一句話，就能每天將我擊倒在地。

你某天忘在我房裡的iPhone、你送我的小盆栽、你放在我書架上那些難懂的小說，滿是你的痕跡。我無法果斷地丟掉它們，但也無法輕易地將它們拿出來緬懷，真是個令人怨恨的夜晚。

那你呢？

你在習慣性打電話給我的那個時間，都在做些什麼呢？下班後踏上回家的路時，你總會和我通電話，現在你都怎麼度過那段安靜的時間呢，我感到很好奇。

當擔心我的人鼓勵我時，我總回答說沒關係，試著擺脫對方的安慰。還會當面嗆對方說分手至今超過半年，還走不出來的話那就太誇張了。但其實我內心卻不這麼想，別說是半年了，我絲毫看不出現在這樣的心情，在一年之後會有任何改變的跡象。

為什麼分開之後，我還無法放下那不值一提的自尊心，總是刻意忽視你呢？為什麼導致我們分開的原因，我至今仍無法改善，只是帶著對你的留戀，在離你很遠的地方黯然神傷？我真的只是很怨恨這樣的自己。

至今，我還沒辦法說出祝你遇到更好的人這種謊話。至今，我還無法放下我能夠成為你喜歡的人這幸福的幻想。當然，那些時光都是無法挽回的過去，我心知肚明。可偶爾，真的很偶爾，我會懷念你看著我露出美麗笑容的臉龐。如果能用我的手，再一次碰觸到你那總是清晰浮現我眼前的笑容，那該有多好？只要這麼想，我便會不自覺微笑。

今天格外想你。你可能會想，事到如今說這些還有什麼用，我真的感到很抱歉。讓總是無條件支持我的你受傷，我很抱歉。至今我還是將自己的痛苦擺在第一順位，因為你無法陪伴在這樣的我身邊而怨恨你，請原諒這麼自私的我。

雖不知道你怎麼想
但我至今
依然還期待著奇蹟

不知道這沒有期限的等待，究竟會折磨我到何時，但我也默默地一直等著我倆的重逢。所以在那個時刻來臨之前，我們都不要被打倒，要過得幸福。在幫助我們再次相遇的機緣來臨之前、在我們能再度望著彼此微笑之前，要盡力讓自己過得幸福。這是我想對曾經是我的一切、占據我整個世界的你說的話。

也是或許一輩子都無法讓你聽見的心聲。

你是
非常有魅力的人

如同你每天徹夜不眠
思念著某一個人
肯定也有人像這樣思念著你

而對某些人來說
你也一定曾經
是讓他愛得像看見彩虹那般幸福的人

受多少傷，
就會變得多麼堅強

若被人拋棄
有人會漸漸變得脆弱

但也會有人克服那傷痛
變得更加堅強

我真心地
希望你是後者

如果有人跟你說聲
不要緊

當你想著不管是誰都好
只要能來跟我說一聲不要緊就好時
我希望我能成為那個人

我想對送走了愛人而感到空虛的你
我想對因為被重視的朋友背叛而受傷的你
我想對無法實現目標而感到挫折的你

說聲真的不要緊
難過只是這一瞬間
我想這樣安慰你

我想成為你迫切尋求的「某個人」

不能為傷痛
賦予意義

若曾經重視的人，在身上留下了難以抹滅的傷痕，那我們必須要承認那道傷口，並且依照命運爲我們決定好的痛苦下去。

無論是心上的傷，抑或是留在身上肉眼可見的傷都一樣。當心受傷時，來自周遭的安慰話語，只是幫助傷口快一點癒合的簡單治療，絕對無法讓傷口徹底痊癒。

所以我必須要先成爲自己的後盾，安慰自己、擔心自己、擁抱自己。剩下的，就只能交給一如既往流逝的時間。身上的傷口也是如此。

感激的是，隨著時間流逝，心傷漸漸痊癒之後，我們可以看著那殘存的淺淺疤痕，下定決心。

「絕對不要在同個地方，
留下同樣的傷口。」

只要這樣就好。

已經受了傷、花了時間讓傷痊癒，留下淺淺的疤痕，只要這
樣就好。不需要爲傷痕賦予意義，硬是讓自己繼續痛下去。

只要記住當時的痛楚，並且別讓自己再一次因爲類似的愛而
受類似的傷就好。

致已經成為
陌生人的戀人

致現在眞的成爲陌生人的舊情人：
我想對一切說聲抱歉。

無法像我們最初約定的那樣愛你直到永遠，在你離開前狠狠
傷害了你，之後卻從來不曾以想念爲藉口去找你。
眞的很抱歉，我希望能隨著這一切的離去，求得你的原諒。
所以偶爾，眞的是很偶爾，我會整天懷抱著這內疚的心情。

當時我們眞的很幸福。

我想這樣對你說。即使現在這些都只是早已褪色且虛幻的過
往回憶，但當時，那時我們眞的毫不後悔地用心度過每一
天。

僅僅是握著那小巧美麗的手，就彷彿像有人拿了橡皮擦將一切擦乾淨一樣，讓我積累了數天的疲憊消失殆盡。

當時我們共度這麼多夢幻時光，怎能僅僅是因為分開這個理由，而在一夜之間讓這一切化為烏有。我至今，還是偶爾會帶著淺淺的微笑，想著當時的我真的很幸福。但即使只是偶遇，我也不希望再一次遇見你。

因為最後我們對彼此是那麼不堪，以至於我不願再想起當時的情景。那樣難堪的分手，我不願讓任何人知道。分開之後，我努力假裝看不見你依然清晰的身影，我盡一切的努力，只為承受這份痛苦。

此外，還有數也數不盡的負面想法，讓我不願意再度面對你。我心裡不再有你的位置，所以即使是偶然，我也希望我們不要再有機會見面。若你也曾因為我，經歷一段這麼痛苦的時光，那你就會明白，為什麼我不得不把話說到這個地步。所以千萬請你，要假裝我們沒有活在同一片天空下，假裝我們並不是過著相同的季節。

即使我正過著12月的寒冬
你也要像6月的盛夏那般
過著與我截然不同的生活

這是唯一能讓我們在彼此身邊以外的地方，也能過得幸福的方法。

分手後
情感的改變

分手之後，時間的流逝眞是令人感到神奇。

當時眞的猜不透那個人究竟爲什麼要拋棄我，但過了一段時間再回想起來，卻反而無法理解當時的我，爲什麼就是死撐著不肯放棄那個人。

現在回想起來，
覺得當時放手眞是一個正確的決定。

我懷念的

或許，我懷念的不是你
而是當時的氣氛，類似逝去的季節之類的

還是得要
擺脫你

我想，乾脆由我先斷了聯絡還比較好。

反正無論我做什麼選擇，你似乎毫不在意，我只想要盡早擺脫這像身處無人島一樣的愛情。
你一點也不在意我焦急等著你的聯繫，整天沒有半點消息早已是家常便飯。以前無論去哪兒都一定會向我報告，但現在你和朋友去旅行我卻毫不知情。

現在你的所作所為
真的非常過分
你究竟有沒有一點自覺

今天特別想聽你的聲音，所以打了電話給你，但你卻沒有接，你是否能懂我當時感受到的失落？如今我也想從這戴著名為愛情的面具，卻徹底將我吞噬的地獄中離開，迫切地渴望著。

你別太恨我。不，你沒有恨我的資格。你毫不猶豫地踐踏了我們當初所做的美麗約定，而我也只是不再有心力將它重新拼湊而已。

結果我們的愛，最終卻成了我獨自一人認真經營的感情。就連分開，都必須由我獨自完成，這雖然令我感到委屈、感到痛苦，但我不願再有留戀。所以希望總有一天，你會為我的離去而感到遺憾，焦急地找尋我，屆時我會明確地讓你知道為時已晚。現在的我有多痛，屆時我必定加倍奉還。

現在真的結束了，我們的這份愛。

只有自己
微不足道
的時候

有時候，會感覺只有自己微不足道。

好像只有自己的步調很緩慢
同年的朋友們都已經邁入下個階段
好像只有我一個人，還停留在這個地方

這種感覺越強烈
就越需要不斷重複對自己說
我相信自己

即使是荒唐的自信也好
要告訴自己說自己不差
會成爲比那些人更成功的人

現在感覺自己微不足道

只是準備的時間比別人更長一點而已

你要記住這些能幫助自己恢復自信的話

並不是進度比別人慢一點

就代表整個人生都毀了

更不是那些人比你擁有更多的東西

就會讓你未來要做的事消失殆盡

請你一定要銘記在心

不要擔心

你未來所能選擇的道路，比他們多上更多

跟他們相比，你有更多機會從失敗中學習

感受成功帶來的快感

別太怨恨現在這一刻

總有一天這一刻的感受

會成為滋養你的重要養分

好的
緣分

不要對累人的關係有留戀
好的緣分是即使讓你等待
也不會令你疲憊得想要放棄

用氣味
記憶的人

這涼爽的夜晚空氣
莫名地令我想起了你
我想你真的是一個只靠氣味，就能讓我憶起的人

在這個季節來臨時

或許會想起一個曾經讓我深愛的人
或許會想起一個令我感到憎恨的人

不會來的
聯絡

我們的生活並非那麼悠閒
沒有時間和沒興趣的人聯絡

所以那個人不聯絡你
就代表他並沒有時間或想法
把你拉進他的生活裡

痴痴等著不會來的聯絡
你，以及等待著的此刻，實在太過可惜

很辛苦嗎

是否獨自一人感到孤單呢
是否沒有再站起來的力氣呢
是否淚流不止呢

那麼就去找一直被你遺忘的
最重要的人
握緊他的手吧

那一刻你的心
將會溫暖得令你難以置信

毫不後悔的
戀情

那是讓人懷疑一切是否真的能這麼美好的夢幻戀情。

但愛得有多美好，冷卻的過程就有多難受。撕心裂肺的分離，也像是要為美好過往付出代價。我花費長到令人難以置信的時間，只為了接受這個事實。畢竟相愛時和分開後，對時間的感受截然不同。而同樣的兩個人對彼此所產生的感情，在分手前後也有了令人難以理解的巨大改變。

當時間流逝
所有的情感都徹底衰敗時
我有了這樣的想法

那份愛與那個人
絕對不是一場空
而是為了讓我遇見更好的人
談一場更美好的戀情
給了我一個有一點痛的提示而已

雖然我因為他成了個有點一板一眼的人，但也因此成了更堅
強的人，只要這樣就夠了。我不會再以不成熟的心態面對愛
情，真的只要這樣就夠了。

現在我不恨他，當然也不喜歡他。從此他對我來說，只是過
去曾經來往過的人而已。所以，希望他也可以別再恨我，把
我當成是擦身而過的季節就好。

對，只要這樣就好。

當時的
一切

對他，我不再感到惋惜。

所以此刻
令我椎心刺骨地想念著的
並不是當時的那個人

我所想念的
是除了那個人以外的一切

當時的我
當時的季節
當時的情感

一切的一切

曾經是
一切的人

有這樣的一個人

只要能見上一面，彷彿就能感到幸福
但同時也想盡快遺忘的人

僅僅是回憶起他，就感到十分痛苦的人

想要全部遺忘
卻又無所不在的人

我說
你啊

我說你啊
是個能力很好的孩子
一定能夠做得很好
是個有著迷人的魅力
能令人心動不已的孩子
可以過著幸福的生活

我所認識的你
確實
是個擁有多元價值的孩子

懂得承認
自己錯誤
的人

戀愛呢
要和能果斷承認自己錯誤的人談
別找每件事都只會用牽強的藉口辯解
用一副差勁的態度，不承認自己錯誤的人
應該要找那種在心愛的人面前
稍稍放下一點自尊心
也不會介意的人

但並不是不分青紅皂白
只會隨便道歉了事的人
而是能溫柔說明所有狀況
讓不開心的戀人能很快接受這一切
同時也懂得用誠意與美言道歉的人
一定要找一個這樣的人

我說出
心中的不滿，
你卻⋯⋯

你總是像口頭禪一樣把這句話掛在嘴邊。

「如果有什麼不滿不要放在心裡，要說出來。」

我相信了這段話，把自己的不滿告訴你
但你卻總是斥責我，令我更不開心

這就是原因
我總是隱藏自己的眞心
最後導致我們分手的原因

乾脆不知道
還比較好

乾脆什麼都不知道還比較好
不要察覺我喜歡上因緣際會認識的你
不要意識到你也同時對我抱有好感
更不要知道我們會交往變成一對情侶
也不想知道我們曾經那麼幸福
但在每一次吵架時，你都會一點一點
收回你放在我身上的心
還有最後的最後，你再也不愛我的可恨真相

如果從一開始
就連你這個人
甚至是你這個人的存在
都不知道的話
那該有多好

爲什麼在這麼多人當中，我卻認識了你、喜歡上你、愛上你，最後要面臨這麼痛苦的分離。或許其他人在分手之後，經過一段時間，就會讓這一切成爲美麗的回憶，但我絕不是這樣。至少，我絕對不會想用「美麗」這個字眼，來形容跟你這個人有關的事情，也不會想要祝你幸福。

你給了我一段虛假的戀情，假裝眞心愛我，這罪名必須花很長一段時間才能贖清。希望你的痛苦，一定要是我的數倍之多。希望有一天，你也會被眞心愛過的人狠狠背叛。

謝謝你
給了我機會和資格，讓我遇見更好的人

243

我想談一段
不會分離的戀情

我現在想談一段不會分離的戀情。

想談不需要每一分每一秒都害怕分開的戀情，但並不是希望
剛陷入熱戀時滿溢的甜蜜不斷延續。男女之間，不可能永遠
都能保持著最初的悸動，這件事我很清楚。我想談的戀情，
希望能夠重視緊接著心動之後的「熟悉感」。

我的意思是說，希望能跟懂得珍惜那美麗熟悉感的人，談一
段長久深入的戀情。

童話般
的愛

所謂的戀愛
必須要找一個
有著相似愛情觀與價值觀的人來當對象

雖然每個人
都夢想自己能成爲童話主角
但彼此都固執地認爲自己所編織的故事
才是最正確的內容

到頭來總要有一方
成爲故事中的壞人

請不要置女友的不安
於不顧

女友偶爾會有像平常一樣聊天聊到一半
卻突然吐露自己內心不安的時候

舉例來說，像是怕你突然變心、離開之類的，或是擔心你多
看比她漂亮的女生一眼等等，因為各式各樣的理由而擔心。
如果你的女朋友說了這種話，那你千萬不能擺出一副這沒什
麼大不了的態度。
「我不會離開，不要擔心」「在我眼裡你是世界上最美的，
不要在意」，這些話其實並不難說出口。所以請不要因為懶
得說出這簡單的幾句話，就置女友的不安於不顧。

當然
如果女友總是因為同樣的理由感到不安
你可能會覺得有點累、有點煩

但這一切都是因為愛你啊。無論原因是什麼，會感到不安都是出自於對你的愛。在這世道炎涼的世界，有一個眼中只有你、全心全意喜歡著你的人，你就應該要真心感激了，所以實在不應該因為那美麗的嫉妒與不安而嫌她煩。

如果女友吃一些很幼稚的飛醋，那你也要帶著滿滿的愛意與真心安慰她。那才是羨煞旁人的戀情，才是「真愛」。

愛情長跑的
共通點

在一起很久的戀人都有個共通點
就是他們都很清楚知道
跟彼此聯繫的重要性

如同我們都知道戀愛的開始
是源自聯繫
也必須知道能讓戀愛延續的
是聯繫的頻率

聯繫的頻率降低
就只是偽裝成「熟悉」的「不在乎」而已

希望總是以
真心相待

也因此，希望能夠和你愛得長長久久

長長久久這句話
並不是延續一段無可奈何的戀情
而是即使我們的樣貌有了些微的改變
認為彼此最特別的心意也不會改變
讓彼此能度過每一個愉快的瞬間

希望我們的愛能夠越來越深刻
希望你我的愛能夠總是以真心相待

真愛的
證據

此刻正在談一段真愛的決定性證據，就是彼此分享的對話、
肢體接觸，每一個畫面都讓人感覺像電影場景一樣。

像是一部以我為主角
以你為主角的電影一樣

有時既平凡又現實
有時又真的像電影
獨特又夢幻的愛情

如果只是跟現在和你交往的那個人手牽手散步，都感覺像擁
有全世界般美好，都感覺自己像活在浪漫愛情電影裡一樣的
話，那你確實正在享受一段真愛。

如果對方和你有同樣的想法，那麼我們就能將這段戀情稱之
為「奇蹟」，或是「天作之合」。

唯一的
場景

和你在一起的日子裡

有一個我清楚記得氣味和觸感的場景

那就是我跟你內心帶著滿滿的愛

溫暖擁抱彼此的時刻

我依然
記得

季節經過數次更迭，那個我們匆忙為這段關係畫下句點的季節再度來臨。雖然當時我恨你恨到沒有任何事物能夠比擬，但現在卻有點不同。在我人生中，和你交往的那段時期，我的表情看起來最幸福，現在想想，確實是這樣。

雖然當時我們很痛苦、很難受
但那也是能陪伴我們一輩子的
美麗回憶之一

第一次見到你時，聽說你喜歡很會彈吉他的人，所以我拚命練習彈吉他。你喜歡會彈吉他的人，而我當然希望我在你心中也是這樣的人。

在你面前演奏練習了幾天幾夜的曲子時，你笑著抱住我的溫暖感受，至今仍歷歷在目。或許無論再過多久，都不會再遇見能媲美當時的溫暖。當時我們真的很幸福。

你最近過得怎麼樣呢？因為完全不知道你的消息，覺得有點可惜。當時很想去海外旅行的願望是否實現了？是否遇見一個新的好人，幸福地度過每一天？只是莫名好奇你的瑣事。

雖然你或許
已經將我忘記
留在朦朧模糊的過去
但我依然還清楚記得你

如果你問事到如今說這些話還有什麼用，這是因為當時我真心愛過你。你對我來說是無可比擬的珍貴。我非常感謝你，願意給我溫暖的擁抱。謝謝你，讓我擁有這麼溫暖的回憶。

你要幸福
你的笑容
比世上任何人都美麗
穿上華美的服飾、吃著美食
每天做些有趣的事情
如果可以的話

偶爾也想想我

你最大的
問題

你最大的問題

就是太過信任別人
還有會將你的一切展現給別人看
以及會被那個人的小動作而影響
甚至會犧牲自己，勉強掩護對方的錯誤
就連自己痛苦萬分，都無法放下對方

太容易相信人
然後受傷
再因爲這樣的傷
徹底毀滅

這就是你最大的問題

除了祝你幸福
這句話之外

再無法和你一起的此刻
我該怎麼辦才好

一早起來，滑過喉頭的水成了銳利的刀刃，鳥兒吱吱喳喳的
合唱，變得像演奏出連串不和諧音的鋼琴一般。我們也不是
恨彼此恨到想殺死對方，為何非得走到形同陌路這一步。會
不會太極端了呢？

如果有什麼只要說出口，就能讓你回心轉意的話，如果真的
有這樣的話存在，那麼我會不計一切代價創造與你對話的機
會。
但我卻沒有一張能說出漂亮話的嘴。

「就……就……

除了祝你幸福之外

我不知道該說什麼」

分手這種事情，本來就是有著連被提分手的對象都不知道，比黑暗更加黑暗、更深沉的原因。不需要執著於探詢分手的真相，不要因此挫折，就用兩人不合適這樣不會讓彼此難堪的理由，將真相埋葬。

此刻分開之後，就讓我們一起看看莫名有自信的你，以及不明所以感到委屈，且早就疲憊不堪的我，要怎麼撐過這段時間與孤獨的空虛感吧。

過去像雪球一樣越滾越大的那份心意，現在只剩下對你的怨恨以及偶爾的懷念。什麼都不必擔心，就慢慢擦去我們那才剛離開沒有多遠的愛情吧。

一起幸福吧。

曾經屬於你的我，曾經屬於我的你。

或許離別
只是愛情的過程

或許離別
是愛情的結果，同時也是一個過程

相愛的時候不明白，無法填補的一切
在離別之後才無可抑制地爆發

如今才終於明白我眞正愛他的原因
以及那個人的重要性

因為當時
不明白

因為無法徹底劃清界線
所以必須承擔這段關係所帶來的傷
這些全都成了我的責任

當時不明白
曾經相信是合適對象的那些人
深入了解之後
其實是比昨天扔掉的垃圾更不如的存在

我最擅長的
事情

像習慣一樣送走某人
一如既往地承擔一切

花費多少個日子
澆灌凋零花瓣的留戀

遺憾的是，這就是我最擅長的事

那樣
的人

有個人我想恨他一輩子

那是我曾經愛得沒有盡頭的人
是如今走到了結局，再無法相見的人

同時也是依然刻骨銘心的人

只有我
獨自一人的戀愛

一切，都是我的錯

那毫無意義的愛情
我卻抱持不切實際的期待

都是我的錯

不放在
心上
的愛

比起提出分手
更讓對方受傷的行為

就是即使心已經冷卻

卻依然假裝很熱情
說自己還愛對方

或許，
離別

或許我們已經分開了也說不定。

因為我們的關係很難說是還在熱戀中，我們的心早已無可奈何地失去了溫度。見面時不知該去哪裡的我們，將整個空間吞噬的焦慮感，緊閉著不願說出心中想法的嘴，事實上已經代表了我們很快就會分開的事實。

剛陷入熱戀時總覺得一天好長，傍晚6點和你通電話的時間，也是我的下班時間。現在我甚至會懷疑我們是否曾經熱戀過，只記得不會刻意去找你的自己。

我們為什麼即使對真相心知肚明，卻沒有人先提分手？是期待著會有某一方改變心意，用盡一切的努力拚命改善這段關係嗎？我真不明白，或許這是神的惡作劇也說不定。而這樣的情況究竟還有多久才會結束，是我近來最關注的事情。

最近雖然不幸福
但也不太難過
和往常一樣跟你互道「晚安」
然後度過空虛的凌晨

有些不明所以，但卻又好像知道原因的悲傷湧現。為了找一個好理由讓自己對這湧上心頭的悲傷視而不見，我試著在房裡四處翻找，但卻沒有用。沒有任何事物能轉移我注意力的此刻，只有一件事情非常確定。

不久的將來我們將會分開，以及我們比任何人都清楚，我們不得不分開的原因。

謝謝，
占據我每個
瞬間的人

人生在世，每個人都一定會迫切渴望著愛情。每一段戀情的開始都一樣，遇見了某個人、對某個人抱持好感，那個人更深入了你的心裡，或者你想更深入地了解那個人，這就是讓我們站上愛情起點的原因。

我也和大家一樣，帶著一顆尋常的心、平凡的外貌活在這個世界上，經歷過書中描述的各種情緒，經歷了和各位讀者沒有太大差異的愛情。當然，只有在他人眼裡，這才是稀鬆平常的「普通戀情」。

大家都是這樣想的：我的愛情美麗得不輸任何一個天真爛漫的童話故事。

雖然愛情是支撐人生的巨大力量，但其中卻也隱藏著難以預測且深不見底的洞穴，或許某天我會被困在意外的悲傷之中。因此，我在寫這本書的草稿之前，也經歷了很多痛苦。

「想要以愛情、以人生爲主題寫書，
那書本身的氛圍，
究竟該像櫻花紛飛的春天般美麗，
還是該像落葉無力碎裂的秋天般寂涼？」

如果想要完整表達愛情這個字眼所散發出來的感覺，那當然要和前者一樣。但那些如秋天一般令人心痛的離別時刻，或許在名爲愛情的這種情感之中，也占據了很大一部分。

就這樣被同樣的煩惱困擾了幾天幾夜，有個非常理所當然的想法掃過我的腦海。這本書的氛圍不是由我決定，而應該由帶著各自的故事閱讀這本書的每一位讀者，自己來決定這本書應該是怎樣的氛圍。我只需要毫無保留地把自己內心的想法、自己的故事寫出來就好。

我希望這些內容，可以讓某些人感激現在正在發生的每一個瞬間，可以讓某些人緬懷已經過去的每一個瞬間。也希望對那些抱有遺憾的人來說，這本書的內容，能夠為他心中那個即使到了遙遠的未來，仍會不時想起的故事畫下美麗的句點。

也希望能讓每個人，都能可以對和自己共度每一個瞬間的人抱持著感激之情。讓那些困在內心深處的情感鬆綁，坦率地面對每一個時刻。

感謝各位閱讀我這些以不成熟的情感寫下的文字。撰寫這本書的時候，我開始感激許多事物，其中最想感謝的，是那些和我共度過去、和我共度現在，也將和我共度未來的寶貴緣分。希望你們一定要一直幸福下去。

還有最後，
謝謝，我的每個瞬間。

國家圖書館出版品預行編目資料

每個瞬間都是你 / 河泰完著；陳品芳譯．
——初版——臺北市：大田，2018.12
面；公分．——（K原創；004）

ISBN 978-986-179-545-4（平裝）

862.6   107016789

K 原創 004

每個瞬間都是你

作　　者｜河泰完
譯　　者｜陳品芳

出　版　者｜大田出版有限公司
　　　　　　台北市 10445 中山北路二段 26 巷 2 號 2 樓
E - m a i l｜titan@morningstar.com.tw　http：//www.titan3.com.tw
編輯部專線｜（02）2562-1383　傳真：（02）2581-8761
　　　　　　【如果您對本書或本出版公司有任何意見，歡迎來電】

總　編　輯｜莊培園
副總編輯｜蔡鳳儀
行銷編輯｜陳映璇／黃凱玉
行政編輯｜林珈羽
校　　對｜黃薇霓／金文蕙

初　　刷｜2018 年 12 月 01 日 定價：380 元
六　　刷｜2021 年 05 月 10 日
總　經　銷｜知己圖書股份有限公司
台　　北｜106 台北市大安區辛亥路一段 30 號 9 樓
　　　　　　TEL：02-23672044／23672047 FAX：02-23635741
台　　中｜407 台中市西屯區工業 30 路 1 號 1 樓
　　　　　　TEL：04-23595819　FAX：04-23595493
E - m a i l｜service@morningstar.com.tw
網 路 書 店｜http://www.morningstar.com.tw
讀 者 專 線｜04-23595819 # 230
郵 政 劃 撥｜15060393（知己圖書股份有限公司）
印　　刷｜上好印刷股份有限公司
國 際 書 碼｜978-986-179-545-4 CIP：862.6/107016789

填回函雙重贈禮♥
①立即送購書優惠券
②抽獎小禮物